À ma famille adorée
Norm, Denny, Jules, Perry, Munro, Chuck,
Dorothy, Meg, Andrew, Kit et Ian

M.A.H

Publié pour la première fois en 2009 par Little, Brown and Company,
à New York, sous le titre *All Kinds of families*.
©2009, Mary Ann Hoberman pour le texte.
©2009, Marc Boutavant pour les illustrations.

Adaptation française Brigitte Leblanc.
Calligraphie Solène Lavand

Mille Milliards de Familles

Mary Ann Hoberman   Marc Boutavant

Gautier·Languereau

Mille milliards de familles!
Dans le monde il y a
Toutes sortes de familles ici et là.
Familles de gens, familles de bêtes,
Familles très chouettes.
Regarde bien autour de toi,
Ouvre les yeux et tu verras :
Des familles, mille milliards il y en a.

Un couteau, une fourchette et une cuillère :
Voici une famille, n'est ce pas ?
Le soleil, la lune et les étoiles...
Encore une famille, tu ne trouves pas ?

Chaussettes dans le tiroir,
Rochers dans le soir,
Pavés sur les trottoirs
Tout est famille pour qui sait voir.

Bout'ficelle, bouchons et boutons
font mille familles pour de bon!

Quand tu es né, tu es entré dans une famille.
Quand tu es né, tu es devenu un fils, une fille,
Quand tu es né, ta famille s'est transformée,
Quand tu es né, un de plus vous étiez.

Les œufs dans leur boîte sont comme dans un nid,
Et le rôti est blotti entre deux tranches de pain de mie.
La botte de carottes et les branches de céleri,
Dans le frigo, en famille, sont endormies.

Mille milliards de familles :
Châteaux de cartes, savons et doudous,
Rubans, barrettes, élastiques et chouchous,
Stylos, gommes, crayons et clous.

Bout' ficelle, bouchons et boutons
font mille familles pour de bon !

Les huîtres dans la mer font une famille salée,
Les moutons dans le pré, une famille toute bouclée,
Les confitures dans leur pot, une famille parfumée,
Les légumes dans leur garde-manger, une famille à croquer.

Dehors, dans la cour, branches et brindilles,
Noisettes, glands et pommes de pins font aussi des familles !
Regarde bien à la plage : galets et coquillages,
Bouts de verre dépolis et pierres roulées sur le rivage.

La tasse et sa soucoupe pourraient bien être frère et sœur,
Le peigne, la brosse, femme et mari,
L'assiette et le bol, fiancés chéris,
Tout comme les couverts, cousins pour la vie.

Ta main est une famille, une famille de doigts.
Ton pied est une famille, une famille d'orteils.
Quand tu grandis, chaque famille grandit.
Quand tu vieillis, chaque famille vieillit aussi.

Bout'ficelle, bouchons et boutons
font mille familles pour de bon !

Si tu es le premier bébé de ta maman,
Tu as fait d'elle une maman.
Si tu es le premier bébé de ton papa,
Tu as fait de lui un papa.

Si tu es le deuxième bébé,
Alors tu as fait de l'aîné
Un frère ou une sœur,
Quand tu es arrivé.

Rue Famille

Mille milliards de familles :
Peuvent se faire avec de la pâte à modeler,
De la neige, de la boue ou du papier,
Des bouts de bâtons ou des ballons.

Les bobines font une famille, les outils font une famille,
Et les craies du tableau font aussi une famille.
Six tranches de fromage, une cosse pleine de pois,
Un trousseau de clefs à toi...
Font des familles ici et là.

Bout'ficelle, bouchons et boutons
font mille familles pour de bon !

Quand tu es né,
Tu as peut-être aussi fait naître une grand-mère,
Un cousin, un oncle ou un grand-père,
Juste parce que tu es né.

Mille milliards de familles :
Les feutres dans leur pochette,
Les brosses à dents dans leur cachette,
Même les pensées dans ta tête,
Petites plumes légères,
Voletant ensemble dans les airs...
Vois-tu encore d'autres familles ?

Les nombres font aussi une famille,
Les lettres de l'alphabet, les notes sur la portée.
Les couleurs de l'arc-en-ciel, les mots pour parler,
Les touches d'un piano, les timbres sur le courrier...

Mille milliards de familles :
Dedans ou dehors, hiver comme été,
Il y a des familles pour jouer,
Pour passer du temps, pour partager,
Inventer des histoires et rêver.

Bout' ficelle, bouchons et boutons
font mille familles pour de bon!

Mille milliards de familles :
Des pour de faux, des pour de vrai,
Des familles de très loin et des familles de tout près,
Des familles comme des ponts par-dessus les océans,
Pour mener aux familles que tu connais, celles de maintenant.

Nous venons tous d'un nombre incroyable de familles.
Ça fait comme un arbre, toutes tes familles.
Et tous ceux qui sont dedans ont aussi leurs familles.
Plus tu regardes, plus tu verras de familles !

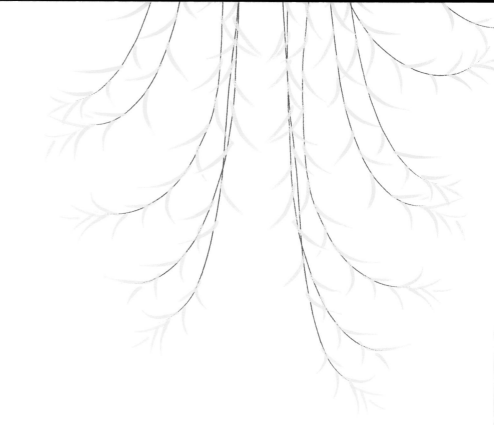

Mille milliards de familles :
Pour jouer, pour aimer, pour être bien.
Pense à elles, celles d'où tu viens.
Un jour, toi aussi, tu vas grandir et faire naître une famille,
Une famille pleine de mille milliards de familles !